*Der Menschenschmelzofen von
Neustadt-Glewe
Brücken aus Mensch*

AF280930

Herold zu Moschdehner

Der Menschenschmelzofen von Neustadt-Glewe

Brücken aus Mensch

Bibliografische Information der Deutschen Nationalbibliothek
Die Deutsche Nationalbibliothek verzeichnet diese Publikation in der Deutschen Nationalbibliografie; detaillierte bibliografische Daten sind im Internet über http://dnb.d-nb.de abrufbar.

ISBN: 978-3-7693-1043-6

Copyright (2024) Herold zu Moschdehner
Verlag: BoD · Books on Demand GmbH,
In de Tarpen 42, 22848 Norderstedt
Druck: Libri Plureos GmbH,
Friedensallee 273, 22763 Hamburg
Alle Rechte bei dem Autoren.

15,99 Euro

Vorwort

Die Brücken einer Stadt sind nicht nur Übergänge, die uns verbinden und von einem Ort zum anderen führen. Sie tragen die Geschichte der Stadt, ihre Lasten und Triumphe – und manchmal auch ihre tiefsten Geheimnisse. Diese Geschichte führt uns in das Herz von Neustadt-Glewe, einem scheinbar gewöhnlichen Ort, dessen Fundament jedoch aus mehr als nur Stein und Metall besteht. Die Bewohner der Stadt ahnen nichts von dem düsteren Vermächtnis, das sich in jeder Brücke versteckt, in jedem Nagel und jeder Strebe.

Im Mittelpunkt steht Karl Müller, ein Mann, dessen Neugier ihn tiefer in das unheimliche Geheimnis seiner Stadt führt, als er je erwartet hätte. Was als vages Misstrauen beginnt, enthüllt sich als Abgrund der menschlichen Seele und mündet in einem Netz aus Verschwörung und Tod. Die Gießerei, das Symbol für den Wohlstand der Stadt, wird für Karl zu einem Ort des Grauens, wo ein skrupelloser Arbeiter die glühenden Flammen des Schmelzofens nutzt, um dunkle Geheimnisse zu verbergen. Diese Brücken, erbaut aus Metall, das mit den Überresten der Verlorenen verschmolzen ist, tragen ein Vermächtnis, das Karl unwiderruflich in seinen Bann zieht.

Dieses Buch ist mehr als eine Horrorgeschichte – es ist eine Auseinandersetzung mit der Frage, was Städte, Brücken und Orte wirklich zusammenhält und wie tief das Unsichtbare in unser Leben eingreifen kann. Beim Lesen wirst du feststellen, dass nicht alles, was vergangen scheint, wirklich tot ist, und dass manche Brücken mehr als nur

Stahl und Beton in sich tragen. Wenn du das nächste Mal eine Brücke überquerst, magst du dich fragen: Welche Geschichten flüstert das Metall, und welche dunklen Geheimnisse trägt es?

Kapitel 1: Das Geheimnis des Schmelzofens

Die Stadt Neustadt-Glewe war auf den ersten Blick ein friedlicher Ort – still, abgeschieden und durchzogen von den Spuren der Geschichte. Doch tief im Herzen der Stadt schlummerte ein dunkles Geheimnis, versteckt hinter den Mauern einer alten Gießerei. Für die Bewohner war die Gießerei das Kraftzentrum der Stadt, ein Ort der Arbeit und des Lärms, wo das Feuer in den Öfen nie erlosch und das leuchtende Glühen die Nacht erhellte. Von jeher zog der Schmelzofen in dieser Gießerei die Menschen in seinen Bann. Er war größer, heißer und mächtiger als gewöhnliche Öfen, und sein Glühen schien ein Eigenleben zu führen, das wie ein pochendes Herz in den Mauern widerhallte. Ein Herz, das zu allen Zeiten in Neustadt-Glewe schlug und das die Stadt mit Arbeit und Wohlstand versorgte. Karl Müller, der seit Kurzem als Arbeiter in der Gießerei angestellt war, merkte von Anfang an, dass hier etwas nicht stimmte. Karl war kein Mann, der sich leicht beeindrucken ließ. Er war kräftig gebaut, mittleren Alters und durch seine jahrelange Arbeit in anderen Gießereien abgehärtet. Seine Haut war von der Hitze gegerbt, seine Hände schwielig und grob – Zeugen unzähliger Stunden am glühenden Ofen. Doch hier in Neustadt-Glewe, in dieser Gießerei, spürte er eine Kälte, die nichts mit der winterlichen Luft zu tun hatte. Es war die Art Kälte, die unter die Haut kriecht und einen nicht loslässt. In der Gießerei war Karl nur einer von vielen. Die anderen Arbeiter behandelten ihn freundlich genug, doch es gab da etwas, das ihn an ihrer Freundlichkeit zweifeln ließ – eine Verschlossenheit, die sie ihm gegenüber zeigten, wenn es um das Wochenende ging. Die Schichtpläne der Gießerei waren einfach: Während der Woche war der Ofen rund um die Uhr in Betrieb, doch am Wochenende übernahm ein einzelner Mann die Arbeit. Es war, als ob die Gießerei am Wochenende eine andere Welt wurde, eine Welt, in die nur ein Mensch Zugang hatte. Die anderen Arbeiter schwiegen, wenn Karl Fragen stellte, und er begann, sich zu fragen, was sich hinter diesem geheimnisvollen Schweigen verbarg.

Der Mann, der die Wochenendschichten übernahm, war Bernd Schwarz. Bernd war eine düstere Erscheinung – groß, muskulös, mit einem ausdruckslosen Gesicht, das jegliche Emotion vermissen ließ. Die meisten Arbeiter mieden ihn, und das war nicht ohne Grund. Seine Augen hatten einen kalten, leblosen Glanz, und sein Blick schien alles durchdringen zu können, ohne dass er etwas preisgab. Er war kein Mann der Worte, sondern ließ seine Handlungen sprechen – und die waren so geheimnisvoll wie er selbst.

Die Menschen in Neustadt-Glewe hatten Bernd Schwarz längst in die Welt der Gerüchte verbannt. Es hieß, er habe nie einen einzigen Tag Urlaub genommen, er sei nie krank gewesen, und er habe seit Jahren an jedem Wochenende allein gearbeitet. Doch niemand wusste, was er wirklich in diesen Nächten tat. Bernd war bekannt dafür, dass er auch das Unmögliche möglich machen konnte: Metallverarbeitungen, die andere Arbeiter nicht wagten, Temperaturen, die keiner außer ihm je erreichte. Der Schmelzofen schien ihm zu gehorchen, als wäre er Teil von ihm, ein unzertrennliches, schicksalhaftes Band, das ihn mit dem Ofen verband.

Karl konnte sich diesem unheimlichen Mann nicht entziehen. Immer wieder fand er seinen Blick auf Bernd gerichtet, als ob dieser eine Antwort auf all seine Fragen in sich trug. An einem Freitagabend, als die meisten Arbeiter bereits die Gießerei verlassen hatten, bemerkte Karl etwas Ungewöhnliches. Er hatte gerade seine Werkzeuge weggeräumt und war bereit, nach Hause zu gehen, als er hinter sich ein leises Knarren hörte. Es war Bernd, der gerade hereinkam, einen großen Sack auf der Schulter, so schwer, dass er beim Gehen leicht schwankte. Karl beobachtete, wie Bernd auf den Ofen zuging, dessen Glühen sich in seinen kalten Augen spiegelte. Er öffnete die schwere Ofentür mit einer Leichtigkeit, die Karl verblüffte, und warf den Sack mit einem dumpfen Geräusch hinein. Ein dumpfes, fast klagendes Grollen drang aus dem Ofen, als ob das Metall selbst Schmerzen empfand. Karl konnte kaum atmen; er spürte, wie ein Schauer über seinen Rücken lief. Doch das war nicht das Ende.

Bernd stand reglos da, starrte auf das Feuer und murmelte etwas Unverständliches, als würde er mit dem Ofen sprechen. Die glühende Masse im Ofen schien sich unter seinem Blick zu winden, fast als ob sie ihm gehorchte. Karl sah es mit eigenen Augen: Der Sack verschwand ohne einen einzigen Funken, ohne ein Geräusch. Das

Feuer schien ihn vollständig zu verschlingen, und nach wenigen Augenblicken war der Ofen wieder ruhig, als sei nichts geschehen.

Karl blieb wie erstarrt in seinem Versteck, während Bernd sich umdrehte und aus der Halle verschwand, ohne auch nur einen Blick in seine Richtung zu werfen. Karl wusste in diesem Moment, dass er etwas Schreckliches gesehen hatte, etwas, das er nicht verstand, und doch ahnte er, dass es wahr war. Es war, als wäre der Schmelzofen mehr als nur ein Werkzeug, mehr als nur eine Maschine. Er war ein Tor, ein Schlund, der Dinge aufnahm und verschwinden ließ, Dinge, die keine Spuren hinterließen.

Das Bild des Ofens, der den Sack in sich aufnahm, ließ ihn nicht los. Wochenlang verfolgte es ihn in seinen Gedanken, in seinen Träumen. Er spürte die Hitze des Ofens auf seiner Haut, hörte das dumpfe Geräusch, wenn der Sack im Inneren auftraf. Immer wieder sah er Bernds kalte, gefühllose Augen, die auf das Feuer starrten, als wäre es ein Spiegel seines eigenen Inneren. Die Frage, was sich in diesem Sack befunden hatte, nagte an Karl, und tief in seinem Inneren ahnte er, dass die Antwort mehr war, als er jemals hätte ertragen können.

Die folgenden Tage gingen vorbei, doch Karl war ein anderer Mann geworden. Er war verschlossener, stiller, und seine Gedanken drehten sich immer wieder um das, was er gesehen hatte. Die anderen Arbeiter bemerkten die Veränderung, doch niemand wagte, ihn darauf anzusprechen. Ein Schweigen lag wie ein dunkler Schatten über der Gießerei, ein

Schweigen, das mehr zu verbergen schien, als Worte jemals hätten enthüllen können.

Mit der Zeit fiel ihm auf, dass Bernd eine Art Ritual hatte – er betrat die Gießerei immer auf die gleiche Weise, mit derselben unheilvollen Ruhe, und seine Bewegungen waren präzise und mechanisch, als hätte er einen genauen Plan, dem er Schritt für Schritt folgte. Karl begann, die kleinen Details zu bemerken: Die Art, wie Bernd den Ofen behandelte, wie er ihn beäugte, fast wie einen Lebewesen. Ein Flüstern ging durch die Reihen der Arbeiter, wenn Bernd an ihnen vorbeiging, und das Flüstern sprach von Dingen, die besser im Dunkeln bleiben sollten.

Als die Woche verstrich, hatte Karl das Gefühl, dass die Gießerei ihre Geheimnisse schützte, dass der Ofen mehr als nur Metall verschlang. Das dunkle Herz von Neustadt-Glewe, verborgen hinter Mauern und Feuer, pulsierte im Verborgenen – und Karl konnte sich dem unheilvollen Wissen, das sich langsam in ihm festsetzte, nicht mehr entziehen.

Kapitel 2: Der skrupellose Arbeiter

Neustadt-Glewe war eine Stadt, in der sich die Menschen kannten, in der es keine Geheimnisse geben sollte. Aber es gab eine Person, die das Schweigen und die Distanz zwischen sich und den anderen bewahrte, als gehörte sie nicht dazu – Bernd Schwarz. Wenn man ihn sah, hatte man das Gefühl, er war aus einem anderen Stoff gemacht als die übrigen Bewohner, als hätte er eine unsichtbare Barriere um sich gezogen, die ihm seine eigene Dunkelheit schuf und ihm jene Aura der Unnahbarkeit verlieh. Die Menschen, die in der Gießerei arbeiteten, waren robust und hartgesotten, doch bei Bernd spürten sie eine Kälte, die weit über die physische Härte hinausging. Er war nicht nur ein Arbeiter; er war ein Mann, der fast übermenschlich erschien, in der Art, wie er jede Last trug, jede Hitze ertrug, ohne mit der Wimper zu zucken.

Bernd kam aus einer anderen Zeit, sagte man sich. Man erzählte, dass er schon als Junge unheimlich ruhig gewesen sei, derjenige, der allein in den Schatten saß und andere beim Spielen beobachtete, ohne jemals ein Wort zu sagen. Seine Eltern sprachen selten über ihn, und irgendwann schien er einfach verschwunden zu sein. Jahre später tauchte er plötzlich wieder auf – als Mann, der zurückgekommen war, um in der Gießerei zu arbeiten. Über die Jahre wurde er immer mehr zur Schlüsselfigur, der einzige, der den Ofen wirklich beherrschte, als würde er seine Geheimnisse in- und auswendig kennen. Niemand stellte seine Fähigkeiten infrage, doch sein kalter, berechnender Blick ließ keinen Zweifel, dass er mehr war als ein einfacher Arbeiter. Er schien sich über die Regeln und die Moral hinwegzusetzen, die für andere galten, und bald schon schob ihm jeder die unangenehmsten Aufgaben zu, die Bernd mit der gleichen stoischen Gleichgültigkeit erledigte.

Jedes Wochenende übernahm Bernd die Gießerei allein. Während andere die freien Tage bei ihren Familien verbrachten oder die Wochenmärkte besuchten, begab er sich wortlos in die glühende Halle. Dort arbeitete er, bis der Montag anbrach, und er kam nie verschwitzt oder erschöpft heraus. Er hatte ein unerklärliches Ritual entwickelt, bei dem er den Ofen nicht nur pflegte, sondern mit einer Art unheimlicher Hingabe reinigte. Niemand hatte je den Mut, ihn zu fragen, warum er diese Arbeit so gewissenhaft ausführte oder warum er immer so lange brauchte. Einmal, als ein neugieriger Lehrling ein paar Fragen stellte, war Bernd nur schweigend auf ihn zugekommen, hatte ihm fest in die Augen geschaut und dann mit leiser, fast gefährlicher Stimme gesagt: „Manchmal ist Schweigen das Einzige, das Menschen vor dem Schlimmsten bewahrt."

Die Gießerei besaß einen festen Rhythmus. Doch dieser Rhythmus verwandelte sich, sobald die Nacht über die Stadt fiel und Bernd die Halle für sich allein hatte. Es gab Gerüchte, dass er in diesen Nächten den Ofen auf eine Hitze brachte, die niemand je wagte zu testen. Er hantierte mit dem Metall, als könnte er es wie weiche Knete formen, und wenn der Ofen auf glühende

Temperaturen stieg, hörten selbst die Anwohner am Rande der Stadt das leise Brummen. Sie schüttelten den Kopf, aber niemand sprach darüber, denn das Wissen war zu schwer und das Unausgesprochene allgegenwärtig.

Karl, der das unheimliche Ritual am ersten Wochenende selbst gesehen hatte, konnte sich der düsteren Faszination nicht entziehen. In seinem Kopf malten sich die Ereignisse in düsteren Bildern aus, und immer wieder fragte er sich, was Bernd in diesen Säcken verbarg, die in das flammende Herz des Ofens verschwanden. Die Tage vergingen, doch Karl konnte nicht aufhören, an diesen Moment zu denken – den Moment, als Bernd mit einem eiskalten Blick den Sack in den Ofen warf und für immer darin versinken ließ. Es war, als hätte der Ofen das, was darin war, mit einer Gier verschlungen, die nichts übrig ließ. Karl begann, an Schlaflosigkeit zu leiden, und in seinen Gedanken tauchte das Bild immer wieder auf: Bernd, die Ofentür, das Feuer, das flackernd die Gestalt des Mannes umrahmte und ihn wie ein Schatten aus einer anderen Welt aussehen ließ.

Eines Nachts entschloss sich Karl, den Ereignissen auf den Grund zu gehen. Er schlich sich zur Gießerei und verbarg sich hinter einer der großen Säulen am Rand der Halle. Von dort aus konnte er Bernd beobachten, wie dieser in der Halle arbeitete. In der Dunkelheit wirkte der Raum wie eine Gruft, und Bernd bewegte sich, als gehöre er zu diesem Ort, als sei der Ofen Teil seiner selbst. Karl spürte, wie seine Hände feucht wurden, und ein leises Zittern durchlief seinen Körper, während er zusah, wie Bernd wieder einen Sack heranschleppte.

Langsam und methodisch öffnete Bernd die Ofentür. Das Licht des Feuers spiegelte sich in seinen kalten Augen, und für einen Moment wirkte er wie ein Wahnsinniger, der im Bann seiner eigenen Dunkelheit gefangen war. Er hob den Sack an und ließ ihn ohne Zögern in den Ofen fallen, als wäre er eine Last, die ihm nichts bedeutete. Doch Karl wusste, dass dieser Sack mehr war als nur eine Ansammlung von Metallresten oder Müll. Er spürte, dass darin etwas lag, das nicht nur das Feuer verschlang. Der Sack verschwand, und es gab keine Rückstände, keinen Rauch, nichts – nur das brennende Glühen des Ofens.

Nach diesem Vorfall konnte Karl sich nicht mehr abwenden. Er versuchte, mit anderen Arbeitern zu sprechen, doch niemand wollte das Thema berühren. Ein älterer Arbeiter sagte ihm einmal mit zitternder Stimme: „Junge, es gibt Dinge, die sollte man nicht wissen. Manchmal ist ein Geheimnis besser als jede Antwort." Karl blieb allein mit seinem Wissen, und mit jedem Tag wurde ihm klarer, dass er in einen Abgrund geblickt hatte, der ihn unaufhaltsam tiefer hinabzog.

In den folgenden Wochen begann Karl, mehr von Bernd zu beobachten. Er bemerkte, dass Bernd fast mechanisch agierte, wie ein Mann, der einer inneren Pflicht folgte. Es war, als hätte der Ofen Macht über ihn, als müsse er ihm dienen und gehorchen. Seine Bewegungen waren präzise, fast schon rituell. Bernd ließ nie eine

Gelegenheit aus, das Metall mit größter Sorgfalt zu behandeln, als wäre es lebendig. Einmal hörte Karl ihn murmelnd zum Ofen sprechen, und er konnte gerade noch die Worte „Dich füttern" verstehen, bevor das Brummen des Ofens alle anderen Geräusche verschluckte.

Karl war von einer tiefen Furcht erfüllt, die ihn nachts wach hielt und tagsüber seine Gedanken umnebelte. Er war sich nicht sicher, ob das, was er sah, wirklich passierte oder ob sein Verstand ihm Streiche spielte. Doch immer wieder sah er die kalten Augen von Bernd vor sich, das glühende Feuer, das ihn zu verschlingen schien, und die grauenhaften Bilder, die ihm in seinen Albträumen erschienen. Und langsam begann er zu begreifen, dass Bernd etwas in sich trug – ein dunkles Geheimnis, das in der Tiefe des Schmelzofens lebte und ihn Nacht für Nacht rief. Die Wahrheit, das wusste Karl, lag hinter dem Feuer.

Kapitel 3: Nächtliche Beobachtungen

Die Tage vergingen, doch Karl konnte die düstere Szene, die er im Schmelzofenraum beobachtet hatte, nicht vergessen. Das Bild von Bernd Schwarz, wie er den schweren Sack mit bedächtiger, unheimlicher Ruhe in den Ofen fallen ließ, ließ ihm keine Ruhe. In der Mitte der Nacht fuhr er manchmal schweißgebadet hoch, spürte die unheilvolle Hitze des Ofens auf seiner Haut und das dumpfe Geräusch des Sacks, der im gleißenden Feuer verschwand. Er versuchte, mit anderen darüber zu sprechen, doch es war, als hätte sich über die Gießerei ein stummes Übereinkommen gelegt. Niemand sprach über die Dinge, die in der Nacht geschahen, und vor allem nicht über Bernd.

Karl spürte, dass das Geheimnis um Bernd nicht nur seine Gedanken, sondern auch seine Seele umklammerte. Etwas in dieser unheimlichen Routine am Wochenende hatte ihn gepackt, und er wusste, dass er die Wahrheit herausfinden musste, bevor sie ihn in den Wahnsinn trieb. Doch Bernd war ein schwieriger Mensch, ein Mann der Isolation, der keine Freunde hatte und nie etwas über sich selbst preisgab. Jede Woche begann er pünktlich am Freitagabend seine einsamen Schichten in der Gießerei, verschwand in den glühenden Hallen und kehrte erst am Montagmorgen wieder heraus – schweigend, wie ein Mann, der die Last von etwas Unaussprechlichem mit sich trug.

An einem düsteren Freitagabend, als die Sonne gerade hinter den Hügeln verschwunden war und ein bleigrauer Nebel über die Stadt fiel, entschloss sich Karl, Bernd erneut zu beobachten. Er schlich sich nach Einbruch der Dunkelheit zur Gießerei und verbarg sich in einer Nische hinter einer der gewaltigen Stahlträger, von wo aus er einen perfekten Blick auf den Schmelzofen hatte. Die Halle lag in unheimlicher Stille, durchbrochen nur vom fernen, dumpfen Brummen des Ofens, das wie das dumpfe Schlagen eines gewaltigen, verborgenen Herzens klang.

In der Ferne hörte er Schritte, und bald tauchte Bernd auf. Sein Gesicht war von der Kälte des Nachthimmels und der Glut des Ofens gleichermaßen durchdrungen, und in seinen Augen glomm ein merkwürdiger Glanz, der nichts Menschliches hatte. Karl spürte ein Zittern in sich aufsteigen, doch seine Neugier war stärker als die Angst. Er beobachtete, wie Bernd ruhig und methodisch den Ofen vorbereitete und dann in die Schatten der Halle verschwand. Ein paar Minuten später tauchte er wieder auf – diesmal mit einem weiteren großen, schweren Sack, der scheinbar mühelos über seine Schulter hing. Karl kniff die Augen zusammen, als Bernd langsam und mit einer eigenartig feierlichen Ruhe auf den Ofen zuging. Bernd öffnete die schwere Tür, und das Licht des Feuers flammte auf, als würde es hungrig die Dunkelheit verschlingen. Bernd hob den Sack an, hielt einen Moment inne, und schien etwas in den tiefen Flammen zu murmeln – ein leises, dumpfes Flüstern, das Karl nicht verstehen konnte. Dann ließ er den Sack mit einem einzigen, entschlossenen Ruck in den Ofen fallen.

Doch diesmal war es anders. Der Sack zerplatzte beim Aufprall auf die heiße Glut, und ein leichter, scharf riechender Dampf stieg auf, bevor er von den Flammen verschlungen wurde. Karl spürte einen flüchtigen Hauch des Geruchs, und ein Schauer durchlief ihn – es roch nach verbranntem Fleisch, nach etwas, das so unheilvoll und fremd war, dass ihm der Atem stockte. Der Gedanke, dass dieser Sack möglicherweise einen menschlichen Körper enthalten könnte, überkam ihn wie ein kalter Schwall, und er lehnte sich gegen die Säule, um nicht das Gleichgewicht zu verlieren.

Bernd stand reglos vor dem Ofen, beobachtete das Feuer und murmelte wieder in einem fremden Tonfall, der Karl das Blut in den Adern gefrieren ließ. Er konnte die Worte nicht verstehen, doch es klang wie ein Ritual, ein Flüstern, das in einer fremden Sprache gesprochen wurde. Bernd schien in eine andere Welt abgetaucht zu sein, eine dunkle, bedrohliche Welt, die nichts Menschliches hatte. Die Minuten zogen sich in die Länge, und Karl spürte, wie seine Knie zitterten und ein Schauer ihn durchlief, während er Bernd starrend beobachtete. Dann, ohne jede Vorwarnung, drehte Bernd sich um und verließ die Halle mit einem fast mechanischen Gang, als wäre alles nur eine Handlung, die er vollführt hatte, ohne darüber nachzudenken.

Karl blieb noch eine Weile in der Dunkelheit versteckt, bevor er sich wieder herauswagte. Er konnte es nicht glauben, dass niemand in der Gießerei von Bernds Taten wusste – oder ahnte. Er wusste, dass er selbst, wenn er darüber sprach, auf Widerstand stoßen würde. Am nächsten Morgen sprach er einen Kollegen darauf an, doch dieser wich Karls Blick aus und sagte mit leiser Stimme: „Manchmal ist es besser, Dinge nicht zu wissen, Karl. Es gibt hier Geschichten, die dich heimsuchen könnten. Lass Bernd sein Ding machen – und du kannst dich beruhigt zur Ruhe legen."

Die Unruhe und der ständige, quälende Verdacht ließen Karl jedoch keine Ruhe. Immer wieder suchte er in den stillen Stunden des Tages das dunkle Innere der Halle auf, spähte in den riesigen Ofen und sah nur die Reste von glühendem Metall, das wie eine Wunde in der Dunkelheit leuchtete. Doch das Bild von Bernd, wie er in den Flammen verschwand, das Flüstern, das Karl gehört hatte – es war etwas, das er nicht verdrängen konnte. Bald fand er heraus, dass Bernd nie mit jemandem sprach, niemanden in seine Nähe ließ und dass seine Schicht die einzige war, bei der jeder wusste, dass es besser war, fernzubleiben.

Mit jedem Tag, an dem Karl weiterforschte, schien ihm die Halle der Gießerei noch düsterer und bedrückender. Immer öfter malte er sich aus, was der Ofen in der Nacht verschlang und wovon niemand je wieder etwas sah. Die brennenden, unaufhörlichen Flammen wirkten wie ein ewiges Grab, das keinen Rückblick zuließ, kein Mitleid kannte und nichts ausspuckte, das nicht für immer zu Asche vergehen sollte. Bald wurde ihm klar, dass dieser Ofen die Taten eines

Mannes verbarg, der aus der Dunkelheit kam und mit der Dunkelheit eins wurde.

Karl wusste, dass er zu viel gesehen hatte und dass Bernd ihn bald bemerken würde. Der Ofen war ein Tor zur Hölle, ein Abgrund, und Karl stand am Rand – und konnte nichts anderes tun, als in den Schlund zu blicken, dessen glühende Flammen in seinen Albträumen brannten.

Kapitel 4: Die ersten Verdächtigungen

Die Gießerei war für die Menschen in Neustadt-Glewe ein Ort des Stolzes, ein Symbol für die Stärke ihrer Stadt und eine Quelle des Broterwerbs. Doch für Karl Müller war sie zu einem Ort der Qual geworden. Die düsteren Beobachtungen, die er gemacht hatte, ließen ihm keine Ruhe. Die Nächte wurden länger, schlaflose Stunden, in denen er wach lag und in die Dunkelheit starrte, während in seinen Gedanken das Bild des Schmelzofens aufglühte, wie ein finsteres, glühendes Geheimnis, das ihn in seinen Bann zog und das er nicht mehr aus seinem Kopf verbannen konnte.

Eines Morgens, während Karl an seinem Schichtbeginn auf dem Parkplatz stand und in die Richtung der Gießerei blickte, beschloss er, etwas zu unternehmen. Doch er wusste, dass er vorsichtig sein musste. Bernd Schwarz war ein schweigsamer Mann, aber er war auch klug. Es war, als ob er ahnte, dass Karl ihm auf die Spur kommen könnte, als ob er die feinen Veränderungen in Karls Verhalten bemerkte. Bernd beobachtete Karl oft mit einem durchdringenden Blick, der ihn beunruhigte, und Karl spürte, dass jeder Schritt, den er machte, von Bernd registriert wurde.

Eines Tages hörte Karl von einem alten Fall, der die Stadt einst in Atem gehalten hatte – das Verschwinden eines Mannes, das nie aufgeklärt wurde. Der Mann war ein Außenseiter gewesen, jemand, der in der Stadt nicht viele Freunde hatte und dessen Verschwinden nur eine

Randnotiz in den örtlichen Zeitungen gewesen war. Doch Karl fand heraus, dass dieser Mann regelmäßig die Gießerei besucht hatte, um Metallreste zu sammeln, die er weiterverkaufte. Es hieß, er habe ein paar Probleme mit Bernd gehabt, da er einige Teile genommen hatte, die Bernd angeblich für seine Arbeit benötigte. Danach verschwand er spurlos, und niemand hatte je wieder etwas von ihm gehört.

Dieses Verschwinden ließ Karl nicht los. Der Gedanke, dass Bernd möglicherweise mehr damit zu tun hatte, als man dachte, grub sich wie ein dunkler Stachel in sein Bewusstsein. In stillen Momenten überkam ihn der Gedanke, dass die Säcke, die Bernd in den Ofen warf, mehr als nur Altmetall und Abfall enthielten. Es war ein schrecklicher Verdacht, einer, der ihn in seinen Träumen heimsuchte und ihm den Schlaf raubte.

Karl beschloss, vorsichtig Fragen zu stellen. Er begann mit einem alten Kollegen, der schon lange in der Gießerei arbeitete. Eines Abends, nachdem die meisten Arbeiter bereits gegangen waren und das Dröhnen des Schmelzofens leiser geworden war, sprach er ihn darauf an. „Weißt du etwas über den Mann, der damals verschwunden ist? Er war oft hier, oder?"

Der alte Mann sah Karl lange an und schwieg eine Weile, bevor er leise antwortete. „Junge, es gibt Dinge, die bleiben besser im Verborgenen. Manche Geheimnisse sind wie Brandwunden – je mehr man daran kratzt, desto tiefer geht das Feuer." Karl spürte das Gewicht dieser Worte und das Zittern in der Stimme des Mannes. Der alte Kollege war blass geworden und schien nervös mit den Händen zu spielen, als ob er etwas verbergen wollte. Er wechselte das Thema, als hätte Karl nie gefragt, und Karl wusste, dass er nichts weiter von ihm erfahren würde.

Die Tage vergingen, doch der Gedanke an das unaufgeklärte Verschwinden und die unheimlichen Taten, die er im Ofenraum beobachtet hatte, nagten weiter an ihm. Eines Nachts, als Karl in der verlassenen Gießerei stand und in die Dunkelheit des Ofens starrte, sah er etwas Seltsames: Ein feiner Schleier aus Rauch stieg auf, obwohl der Ofen nicht in Betrieb war. Der Geruch war anders als der von Metall – es war der Geruch von verbranntem Fleisch, ein Geruch, der ihn an das schreckliche Erlebnis mit dem Sack erinnerte. Karl musste sich das Gesicht bedecken, so stark war der Drang, sich abzuwenden und den Raum zu verlassen. Doch etwas hielt ihn fest, als ob der Ofen selbst ihn nicht gehen lassen wollte.

Er begann, andere Arbeiter zu beobachten, um herauszufinden, ob sie ähnliche Verdachtsmomente hegten. Doch immer wieder stieß er auf stummes Schweigen, auf ausweichende Blicke und auf Sätze, die keine Antworten gaben. Einige schienen sogar regelrecht Angst zu haben, als sie merkten, worauf Karl hinauswollte. „Du solltest vorsichtig sein," warnte ihn einer der Männer. „Die Gießerei hat ihre Regeln, und Bernd auch. Manchmal ist es besser, nicht alles zu wissen." Das war das Letzte, was Karl hören wollte. Aber sein Verdacht war zu stark geworden, um ihn einfach beiseitezuschieben.

Ein kalter Gedanke durchzog ihn wie ein Schauer – was, wenn der Ofen, der das Herz dieser Gießerei war, tatsächlich das finstere Geheimnis vieler verlorener Seelen verbarg? Die Brücken, die mit dem Metall aus diesem Ofen gebaut wurden, waren überall in Mecklenburg, und mit jedem Tag kam ihm der Gedanke absurder, aber auch realer vor: Jede Brücke, die über den Fluss führte, war womöglich mit den Spuren der Toten verschmolzen, die der Ofen verschlungen hatte. Die Idee war gruselig, aber sie ließ ihn nicht mehr los. Es war, als ob das Metall selbst das Zeugnis eines düsteren Vermächtnisses in sich trug.

Karl beschloss, einen weiteren Versuch zu wagen, mehr herauszufinden. Eines Freitagnachmittags, als sich die Gießerei zu leeren begann und die Arbeiter ihre Schichten beendeten, wartete er bis kurz nach Dienstschluss und schlich sich zurück in die Halle. Dort wartete er, verbarg sich im Schatten und beobachtete, wie Bernd ankam und das vertraute Ritual begann. Wieder war es ein schwerer Sack, wieder war es dieses unheimliche, mechanische Flüstern, das er an den Ofen richtete, und wieder schien die Flamme des Schmelzofens eine Gier zu zeigen, die nichts Menschliches hatte.

Als Bernd den Sack in den Ofen fallen ließ, stand Karl wie erstarrt da, unfähig, seinen Blick abzuwenden. Es war, als ob der Ofen ihm zuflüsterte, als ob er ihn rief und ihm versuchte zu sagen, dass dies erst der Anfang war, dass sich hier Dinge abspielten, die weit über das hinausgingen, was er sich vorstellen konnte. Doch in diesem Moment wusste er auch, dass sein Wissen ihn in Gefahr brachte.

Kapitel 5: Verbrannte Beweise

Karl war nach Wochen voller Angst und Schlaflosigkeit an einem Punkt angekommen, an dem er wusste, dass er nicht länger schweigen konnte. Die Schrecken, die er in der Gießerei gesehen und die Zeichen, die er bemerkt hatte, wogen schwer auf ihm. Doch obwohl die Beweise vor ihm lagen, war er gefangen in einem Netz aus Furcht und Schweigen, das ihn unaufhörlich umklammerte. Er konnte niemandem trauen, denn jeder Versuch, über das, was Bernd tat, zu sprechen, endete in Ablehnung, Angst oder verlegenem Schweigen. Es war, als ob die ganze Stadt ein düsteres Geheimnis teilte und Karl der einzige war, der bereit war, dieses Geheimnis aufzudecken.

Eines Nachmittags, als sich die Sonne langsam neigte und die Schatten länger wurden, beschloss Karl, es erneut zu versuchen. Er wartete bis zum Abend, als nur noch wenige Arbeiter in der Gießerei waren, und schlich sich in die Halle, wo er sich hinter einer der massiven Maschinen versteckte. Die Luft war erfüllt von dem schweren Geruch von Metall und Rauch, und das vertraute, tiefe Brummen des Ofens vibrierte durch die Halle. Karl konnte kaum atmen, so angespannt war er. Heute wollte er mehr als nur beobachten. Er wollte einen Beweis dafür finden, was Bernd tat.

Es dauerte nicht lange, bis Bernd erschien. Wie immer bewegte er sich mit einer düsteren Ruhe, die Karl zugleich faszinierte und erschreckte. Er trug erneut einen schweren Sack über der

Schulter, doch diesmal fiel Karl auf, dass Bernd einen dumpfen, abwesenden Blick hatte, als ob er im Bann eines inneren Rituals stand. Seine Augen schienen in die Ferne zu starren, sein Gesicht wirkte steinern und gefühllos. Er schritt direkt zum Ofen, öffnete die schwere Tür und ließ den Sack wie immer in die Glut fallen. Ein scharfer Geruch stieg auf, ein Geruch, der sich durch die ganze Halle zog und Karl den Magen umdrehte. Doch diesmal war es anders. Der Sack öffnete sich bei der Hitze, und Karl konnte mit Schrecken sehen, wie ein bräunliches, verkohltes Stück Stoff kurz in den Flammen aufblitzte, bevor es zu Asche verging. Ein schreckliches Gefühl kroch in ihm hoch – das war ein Hinweis, ein Zeichen, dass das, was Bernd verbrannte, nicht einfach nur Müll oder Metallabfälle waren. Der Gedanke, dass es sich bei den verborgenen Resten in den Säcken um menschliche Körper handeln könnte, ließ ihn erzittern. Doch ehe er genauer hinsehen konnte, verzehrten die Flammen alles, und der Ofen schloss sich langsam und bedrohlich.

Karl musste schwer schlucken, um nicht laut zu würgen. Das Feuer, das im Ofen tobte, hatte etwas Dämonisches. Er konnte nicht länger an einen Zufall glauben; das war der Beweis, den er gesucht hatte. Doch er wusste auch, dass ihm niemand glauben würde, wenn er lediglich davon erzählte. Er musste etwas finden, das klar und unwiderlegbar zeigte, was hier geschah.

Mit einem festen Entschluss wartete Karl, bis Bernd die Halle verlassen hatte. In der Stille, die nach Bernds Abgang herrschte, schlich sich Karl zum Ofen, sein Herz pochte heftig, und seine Hände zitterten, als er versuchte, die Tür zu öffnen. Der Griff war heiß, doch er zog die schweren Handschuhe an, die er vorsorglich mitgenommen hatte. Der Ofen war noch immer glühend, und als er die Tür öffnete, schlug ihm ein heißer, beißender Geruch entgegen, der nach verbranntem Fleisch und Knochen roch.

Mit zitternden Händen leuchtete er in den Ofen hinein und sah etwas, das ihn fast in die Knie zwang: Zwischen den Metallstücken, die noch glühten, lagen kleine, verkohlte Knochensplitter, kaum sichtbar und schwer zu erkennen, doch eindeutig menschlich. Karl starrte auf die winzigen, zerbrochenen Knochenreste und fühlte eine Mischung aus Entsetzen und Rachelust in sich aufsteigen. Das war der Beweis, den er gesucht hatte, und er wusste, dass er ihn niemals ohne Folgen in der Halle zurücklassen konnte.

Er griff in die Tasche, zog ein Taschentuch hervor und sammelte ein paar der Knochensplitter ein, die er in das Tuch wickelte und in seine Jackentasche schob. Die Splitter waren heiß, und er spürte die Wärme durch den Stoff hindurch, doch das war ihm egal. Dies war sein Beweis, das letzte Zeugnis der dunklen Taten, die Bernd begangen hatte. Sein Herz pochte heftig, und er spürte, wie der Schweiß ihm über die Stirn lief, während er sich beeilte, die Tür des Ofens zu schließen und den Raum zu verlassen.

Die Tage danach waren für Karl wie ein Albtraum. Jeder Schritt, den er machte, jede Entscheidung, die er traf, schien von einer unsichtbaren Macht überwacht zu werden. Er fühlte, dass Bernd etwas ahnte – dass der Mann wusste, dass Karl ihm auf der Spur war. Bernd war stiller als sonst, doch sein Blick folgte Karl mit einer eisigen Präzision, die ihm das Blut in den Adern gefrieren ließ. Karl war sicher, dass Bernd etwas bemerkte, dass er vielleicht wusste, dass er in den Ofen gesehen und die Knochen gefunden hatte. Und in diesen Blicken lag eine drohende Warnung, die ihn verfolgte.

Doch Karl war entschlossen, die Wahrheit ans Licht zu bringen. Er begann, Nachforschungen anzustellen, besuchte die örtliche Polizeiwache und fragte unauffällig nach ungelösten Fällen, doch die Beamten schienen nicht interessiert zu sein. Ein junger Polizist zuckte nur mit den Schultern und sagte: „Das sind alte Geschichten, die keiner mehr ernst nimmt. Wir haben hier keine Hinweise auf Verbrechen in der Gießerei."

Karl ließ sich jedoch nicht beirren und beschloss, die Knochen einem Arzt zu zeigen, in der Hoffnung, dass dieser die Herkunft bestätigen könnte. Doch der Arzt, den er schließlich aufsuchte, reagierte merkwürdig abweisend und schickte ihn ohne Untersuchung wieder weg. Es war, als ob eine unsichtbare Wand vor ihm stand, eine Barriere, die alle davon abhielt, die Wahrheit zu erkennen. Er merkte, dass er keine Hilfe erwarten konnte und dass die Wahrheit, die er trug, zu einer Last wurde, die ihn verfolgte und in der Stadt zu einem Außenseiter machte.

In der nächsten Woche kehrte Karl zur Gießerei zurück, entschlossener denn je, die Wahrheit ans Licht zu bringen. Doch diesmal erwartete ihn etwas anderes: Bernd stand vor der Halle und sah ihm direkt in die Augen. „Karl," sagte er mit einer

kalten, tödlichen Ruhe, „du solltest wissen, dass es Dinge gibt, die für immer in Flammen gehüllt bleiben. Jeder, der zu viel wissen will, wird am Ende nur ein weiterer Schatten im Feuer sein."
Karl konnte die Drohung nicht überhören, und für einen kurzen Moment spürte er, wie das Gewicht der Knochen in seiner Tasche ihn fast erdrückte.

Kapitel 6: Ein makabres Vermächtnis

Die Drohung, die in Bernds Worten lag, verfolgte Karl wie ein dunkler Schatten. Jeder Tag in der Gießerei fühlte sich wie ein Balanceakt auf einem unsichtbaren Seil an, und mit jedem Blick, den Bernd ihm zuwarf, wurde das Seil dünner. Karl wusste, dass er nicht aufgeben konnte, doch das Wissen, das er trug, lastete schwer auf ihm. In seiner Tasche lagen die winzigen, verkohlten Knochensplitter, stumme Zeugen der Verbrechen, die in der Gießerei geschahen, verborgen hinter der glühenden Hitze des Schmelzofens.

Doch der Gedanke, diese Überreste an die Öffentlichkeit zu bringen, schien zunehmend aussichtslos. Die Wände der Gießerei schienen jeden seiner Schritte zu beobachten, und selbst außerhalb der Arbeit spürte er Bernds Präsenz – als würde er ihm auf eine unheimliche Art und Weise folgen, auch wenn er ihn nicht sah. Einmal wachte Karl mitten in der Nacht auf und glaubte, das leise, unaufhörliche Brummen des Schmelzofens zu hören. Es war, als hätte sich das Geräusch in seine Gedanken gebrannt, als verfolgte es ihn in seine dunkelsten Träume. Selbst in seinem Schlafzimmer fühlte er sich nicht mehr sicher.

Eines Abends, als Karl in der Dämmerung durch die Stadt lief, um einen klaren Kopf zu bekommen, blieb er vor einer Brücke stehen, die über den breiten Fluss führte. Er erinnerte sich daran, dass Bernd einmal erwähnt hatte, dass das Metall für die Brücke aus der Gießerei kam.

Für die Menschen in Neustadt-Glewe und den umliegenden Städten war dies ein Symbol für Stärke und Halt, doch für Karl war sie nun etwas anderes – ein Denkmal für die Dunkelheit, die sich in die Fundamente von Mecklenburg gefressen hatte.

Der Gedanke ließ ihn erschaudern: Was wäre, wenn das Metall, das in dieser Brücke verarbeitet war, die Überreste jener enthielt, die Bernd über die Jahre in den Ofen geworfen hatte? Die Brücke, die Menschen jeden Tag benutzten, um den Fluss zu überqueren, war womöglich mit den Überbleibseln von Opfern durchzogen. Die Vorstellung war zu grotesk, zu düster, um wahr zu sein, und doch konnte Karl den Gedanken nicht abschütteln. Er fühlte sich, als läge eine Art Fluch auf diesen Brücken, ein makabres Vermächtnis, das jeden berührte, der über sie schritt.

Karl beschloss, tiefer zu graben. Er begann, sich in den örtlichen Archiven und alten Zeitungsartikeln umzusehen, auf der Suche nach weiteren Hinweisen auf ungeklärte Fälle und verschwundene Personen. Er fand einige Erwähnungen von Menschen, die spurlos verschwunden waren – ein Wanderarbeiter, ein einsamer Trinker, eine junge Frau, die zuletzt in der Nähe der Gießerei gesehen worden war. All diese Geschichten wirkten zunächst belanglos, doch als Karl die Daten und Orte zusammenlegte, entstand ein Muster. Es waren Menschen, die keine Familie in der Stadt hatten, Menschen, die kaum jemand vermisste und die sich am Rand der Gesellschaft bewegten.

Menschen, die einfach verschwanden, ohne dass jemand Fragen stellte.

Das Muster verstärkte seinen Verdacht, und es war, als würde eine unsichtbare Hand ihn tiefer in die Dunkelheit ziehen. Doch die nächsten Schritte, die er plante, waren gefährlich. Er wusste, dass er in der Gießerei selbst nach weiteren Beweisen suchen musste – Beweise, die ihm helfen konnten, Bernd zur Strecke zu bringen. Doch die Wände der Gießerei schienen sich immer enger um ihn zu schließen, und die Blicke der Kollegen wurden kälter, distanzierter. Es war, als ob jeder wusste, was hier geschah, und doch niemand wagte, etwas dagegen zu tun.

In der darauffolgenden Nacht schlich Karl sich erneut in die Gießerei. Die Halle lag still und verlassen, das einzige Licht kam von den glühenden Kohlen im Ofen, der noch immer leise brummte, als würde er schlafen und auf seinen nächsten Befehl warten. Karl wusste, dass dies seine Chance war. Er durchsuchte die Ecke, in der Bernd oft die schweren Säcke abstellte, bevor er sie in den Ofen warf. Sein Herz schlug schnell, und seine Hände zitterten, während er jede Bewegung mit größter Vorsicht ausführte.

Dann entdeckte er etwas. Hinter einer Reihe alter Werkzeuge lag ein kleines, verstaubtes Notizbuch, das zwischen den verrosteten Metallteilen eingeklemmt war. Er zog es vorsichtig hervor und schlug es auf. Die Seiten waren vergilbt, die Schrift blass, doch die Einträge waren klar zu lesen. Es waren Notizen, handschriftliche Einträge über die Schichten in der Gießerei, detaillierte Angaben darüber, wer sich wo und wann aufgehalten hatte. Und zwischen den Aufzeichnungen über die Produktion und Wartung fand Karl einen anderen, unheimlichen Hinweis: Die Zahl der Säcke, die Bernd in den Ofen geworfen hatte, stand akribisch genau vermerkt.

„Zwei Säcke – Wochenende", „Ein Sack – Ausnahme", „Drei Säcke – besonders schwere Fracht" – die Worte liefen ihm kalt den Rücken hinunter. Es war eine dunkle Statistik, eine Aufzeichnung über die Körper, die in den Ofen wanderten, ohne dass jemand davon wusste. Karl erkannte die perfide Akribie, mit der Bernd seine Taten dokumentierte, als handele es sich um nichts weiter als eine Liste von Arbeitsaufträgen.

Er verstaute das Notizbuch in seiner Tasche und verließ die Halle, seine Schritte waren schnell und leise. Er hatte das Gefühl, dass der Ofen ihn beobachtete, und der Gedanke ließ ihn frösteln. Draußen atmete er tief durch, die kalte Nachtluft fühlte sich wie eine Erlösung an. Doch er wusste, dass dieser Fund ihm eine schwere Last auferlegte. Er hielt in seinen Händen das Testament eines Monsters, und der Gedanke daran erfüllte ihn mit einem unbändigen Grauen.

Am nächsten Tag beschloss Karl, sich mit dem Notizbuch an eine höhere Stelle zu wenden. Doch als er zur Arbeit kam, stellte er mit Entsetzen fest, dass Bernd bereits auf ihn wartete. Bernds Gesicht war ausdruckslos, doch in seinen Augen loderte ein gefährlicher Funke. „Glaubst du wirklich, dass du damit durchkommst?" fragte er mit einer Stimme, die so kalt war wie der Stahl, den sie jeden Tag schmolzen.

Karl spürte, wie ihm die Kehle trocken wurde. Er wusste, dass Bernd Bescheid wusste, dass sein dunkles Geheimnis in Gefahr war, und dass er nicht zögern würde, um es zu schützen.

Kapitel 7: Der letzte Funke

Karl stand vor Bernd, das Notizbuch schwer in seiner Tasche, und spürte, wie sein Herz heftig gegen seine Rippen schlug. Die unheilvolle Drohung in Bernds Blick ließ keinen Zweifel: Bernd wusste, dass Karl etwas entdeckt hatte. Die Frage war, wie weit Bernd gehen würde, um sein Geheimnis zu schützen.

„Ich frage mich, wie viel du wirklich verstehst," sagte Bernd mit einem düsteren Lächeln, das keine Freude in sich trug. „Es ist einfach, das Offensichtliche zu sehen. Aber verstehst du auch, warum es so ist?" Karls Kehle war wie zugeschnürt, seine Hand umklammerte das Notizbuch, als wäre es das einzige, was ihn beschützen konnte. „Du weißt genau, dass das, was du tust, falsch ist," stammelte er, doch seine Stimme zitterte unter der Anspannung. Bernd schüttelte den Kopf und trat näher, sodass Karl den Geruch von Metall und Rauch in der Luft spüren konnte.

„Richtig und falsch," murmelte Bernd, „sind nur Worte für diejenigen, die schwach sind. Manche Dinge gehören einfach hierher, wie das Metall in diesen Wänden, wie das Feuer im Ofen." Er deutete auf den riesigen Schmelzofen, der leise brummte und in der düsteren Halle wie ein schlafender Drache wirkte. „Dieser Ort braucht Opfer," fuhr Bernd fort. „Und es ist an mir, dafür zu sorgen, dass alles seine Ordnung hat."

Karl spürte, wie das Entsetzen in ihm aufstieg. Bernd glaubte tatsächlich, dass seine Taten einem höheren Zweck dienten, als ob die Opfer für den Ofen ein Teil eines makabren Rituals wären. „Du bist krank," flüsterte Karl, „und das hier ist nicht deine Gießerei. Du kannst nicht einfach über Leben und Tod entscheiden." Bernds Lächeln verschwand, und seine Augen wurden hart. „Du hast mehr gesehen, als du solltest, Karl," sagte er leise. „Das Notizbuch… du hast es also gefunden." Seine Hand zuckte leicht, als ob er darüber nachdachte, Karl einfach das Notizbuch zu entreißen und es mit einem Wurf in die Flammen zu verbrennen. Doch stattdessen trat er zurück und ließ seine Stimme leise und eindringlich werden: „Verstehst du, was das bedeutet? Wenn du dich gegen das Feuer wendest, wird es dich verschlingen."

Für einen kurzen Moment herrschte Stille. Karl wusste, dass dies der entscheidende Augenblick war, dass er entweder fliehen oder kämpfen musste. Er war allein, mit Bernd, der sich wie ein Schatten über ihn legte und den Raum mit seiner düsteren Präsenz füllte. Doch in ihm regte sich eine Trotzreaktion, eine Wut, die alle Furcht übertraf. Er griff in seine Tasche, holte das Notizbuch hervor und hob es wie eine Waffe zwischen sich und Bernd.

„Es endet hier," sagte er mit fester Stimme. „Die Menschen haben das Recht zu erfahren, was du hier tust, und ich werde dafür sorgen, dass dieses Notizbuch der Beweis ist." Bernds Augen verengten sich, und für einen Augenblick schien es, als würde er sich auf Karl stürzen. Doch dann schüttelte er den Kopf und trat zurück, als hätte er eine Entscheidung getroffen, die ihn in eine andere Richtung führte.

„Vielleicht bist du bereit, das Risiko einzugehen," murmelte er, „aber ich werde nicht zulassen, dass mein Werk zerstört wird. Der Ofen… er ist unersättlich, verstehst du? Er verlangt nach mehr, und er wird das bekommen." Mit diesen Worten wandte sich Bernd ab und ging zum Schmelzofen. Karl starrte ihm fassungslos hinterher, während Bernd die schwere Tür öffnete und in das glühende Innere blickte, das sich wie ein höllischer Schlund vor ihm auftat.

„Du wirst das Notizbuch hierlassen," rief Bernd mit eisiger Stimme, ohne sich umzudrehen. „Oder du gehst selbst in den Ofen." Die Drohung in seiner Stimme war unverkennbar, und Karl wusste, dass es kein Spiel mehr war. Bernd war bereit, alles zu tun, um sein Geheimnis zu schützen, und der Ofen würde jeden Beweis seiner Taten verschlingen, so wie er alles verschlungen hatte, was Bernd ihm über die Jahre dargeboten hatte.

Doch Karl hielt das Notizbuch fest in der Hand. „Nein," sagte er leise, aber bestimmt. „Ich werde gehen, und die Menschen werden die Wahrheit erfahren." In diesem Moment schien Bernd die Kontrolle zu verlieren. Mit einem wilden Schrei drehte er sich um, stürmte auf Karl zu, und seine Hände griffen nach ihm, als würde er ihn mit bloßen Händen in die Glut zerren wollen. Doch Karl war schneller. Er riss sich los und sprintete zur Tür, das Notizbuch fest an seine Brust gedrückt. Bernds Schritte hallten hinter ihm durch die Halle, und Karl spürte die verzweifelte Wut, die wie ein wütender Sturm hinter ihm tobte. Er rannte, so schnell er konnte, und hörte hinter sich das Aufheulen des Schmelzofens, das nun lauter klang als je zuvor, fast wie das Gebrüll eines unersättlichen Monsters, das nach mehr verlangte. Karl erreichte die Tür, und mit letzter Kraft stieß er sie auf und trat in die kalte Nacht hinaus.

Er drehte sich um und sah, wie Bernd in der Dunkelheit der Halle verschwand, das Gesicht verzerrt vor Wut und Entsetzen. Der Ofen flackerte und loderte, als würde er vor Schmerz schreien, und für einen Moment sah es aus, als würden die Flammen nach Bernd greifen und ihn in die Tiefe ziehen. Ein Schauer durchlief Karl, doch er wusste, dass er endlich frei war. Er hatte das Notizbuch, den Beweis, und Bernd würde die Halle nicht verlassen, solange der Ofen tobte.

Mit zitternden Schritten trat Karl in die kühle Nacht hinaus, das Notizbuch in der Hand. Der Gedanke daran, dass er endlich die Möglichkeit hatte, die Wahrheit ans Licht zu bringen, erfüllte ihn mit einer tiefen Erleichterung, aber auch mit einem finsteren, gnadenlosen Triumph. Die Stadt würde von den Geheimnissen der Gießerei erfahren, von den Opfern, die Bernd dem Schmelzofen geopfert hatte, und vom düsteren Vermächtnis, das sich in den Brücken von Mecklenburg verbarg.

Kapitel 8: Das Schweigen der Brücken

Karl war draußen, doch die Dunkelheit der Gießerei und die Schrecken, die er in ihr entdeckt hatte, folgten ihm wie ein Schatten. Mit dem Notizbuch in der Tasche marschierte er in die kühle Nacht hinaus, doch sein Kopf brummte, und seine Gedanken jagten einander. Er hatte die Wahrheit, den Beweis, der all die grässlichen Taten von Bernd Schwarz enthüllte, und doch wusste er, dass dies nur der Anfang eines langen, gefährlichen Weges war.

Der nächste Tag brach an, und Karl wusste, dass er sich beeilen musste. Doch je länger er in die Stadt hinausging, desto unheimlicher wurde ihm die Umgebung. Die Stadt schien stiller als gewöhnlich zu sein, fast wie eingefroren in einer Erwartung, die ihn beunruhigte. Die Menschen, denen er begegnete, schienen ihn zu beobachten, mit ausdruckslosen Gesichtern, die nur durch flüchtige Blicke seine Anwesenheit zur Kenntnis nahmen. Es war, als hätten sie längst erfahren, was er vorhatte.

Er machte sich auf den Weg zum Büro der Stadtverwaltung, um das Notizbuch vorzulegen. Er dachte daran, dass die Beweise, die er in der Hand hielt, die Stadt aufrütteln würden – dass das Wissen über die Brücken, die aus dem Metall der Gießerei gebaut waren, alles verändern würde. Die Brücken, die durch die Stadt und die umliegenden Dörfer führten, waren durchzogen von dem Metall, das Bernd über die Jahre mit den Überresten der Opfer getränkt hatte.

Doch als Karl das Verwaltungsgebäude betrat und mit dem Notizbuch in der Hand auf den Schalter zuging, wurde er von einer unheimlichen Stille empfangen. Die Mitarbeiter hinter den Schaltern schauten ihn ohne Worte an, und keiner rührte sich. Karl räusperte sich und wollte anfangen zu sprechen, doch eine ältere Frau, die hinter einem der Schalter saß, musterte ihn mit einem seltsam mitleidigen Blick.

„Es wäre besser für Sie, wenn Sie gehen," sagte sie leise, ihre Stimme so fest und kalt wie Stein. Karl spürte ein unheilvolles Gefühl in sich aufsteigen, doch er hielt das Notizbuch fester in der Hand und antwortete, „Ich habe Beweise – Beweise dafür, was in der Gießerei geschieht. Die Menschen haben ein Recht, die Wahrheit zu erfahren!"

Die Frau schüttelte nur den Kopf und sagte, „Einige Geheimnisse sind zu schwer, um sie ans Licht zu bringen. Manchmal ist es besser, die Dinge zu lassen, wie sie sind." Ein paar der anderen Mitarbeiter nickten zustimmend, als ob sie selbst Teil dieses Geheimnisses waren. Karl spürte, wie eine eisige Kälte durch seine Glieder kroch. Es war, als ob die Stadt selbst sich verschworen hätte, die Dunkelheit zu bewahren. Karl drehte sich langsam um und verließ das Gebäude, das Notizbuch schwer in seiner Tasche. Die Worte der Frau hallten in seinem Kopf wider, und mit jedem Schritt, den er tat, schien die Stadt sich mehr und mehr gegen ihn zu wenden. Doch er wusste, dass er das Notizbuch nicht einfach aufgeben konnte. Es war seine letzte Verbindung zur Wahrheit, sein einziger

Schutz gegen die Kräfte, die sich gegen ihn verschworen hatten.

In den Tagen danach versuchte Karl, andere Stellen zu erreichen – Journalisten, Anwälte, und sogar entfernte Bekannte in anderen Städten. Doch niemand schien interessiert zu sein. Es war, als ob jeder in der Stadt und darüber hinaus einen Pakt geschlossen hatte, um die Gießerei und das Geheimnis des Schmelzofens zu schützen. Einige seiner Kontakte begannen, seine Anrufe zu ignorieren, und die Nachrichten, die er versandte, blieben unbeantwortet. Mit jedem vergeblichen Versuch verfestigte sich die unheimliche Erkenntnis, dass die Wahrheit in einer finsteren Stille gefangen bleiben würde.

In den Wochen, die folgten, verfiel Karl in eine tiefe Einsamkeit und Dunkelheit. Der Gedanke daran, dass die Brücken, über die die Menschen täglich gingen, ein Teil des grausamen Vermächtnisses von Bernd Schwarz und der Gießerei waren, verfolgte ihn in seinen Träumen. Es war, als ob die Brücken zu ihm sprachen, als ob sie ihn daran erinnerten, dass die Opfer für immer in ihrem Metall eingeschlossen blieben, stumme Zeugen einer grauenhaften Wahrheit, die niemand erfahren durfte.

Karl versuchte schließlich, das Notizbuch zu verbrennen, doch selbst die Flammen schienen ihm Widerstand zu leisten. Das Papier glomm nur schwach, und selbst der Rauch trug den Geruch der Gießerei, des heißen Metalls und der Opfer, die in den Ofen geworfen worden waren. Es war, als ob die Dunkelheit nicht mehr aus seinem Leben verschwinden würde.

Eines Tages, als er wie benommen durch die Straßen ging, blieb er an einer der Brücken stehen, die über den Fluss führte. Er sah die rostigen Metallstreben, die das Wasser überspannten, und er wusste, dass das Metall in dieser Brücke ein Teil der Opfer in sich trug. Die Brücke war wie ein stummer Wächter, ein Denkmal für die verlorenen Seelen, die Bernd im Schmelzofen geopfert hatte.

Mit einem resignierten Blick sah Karl über die Stadt, die ihn nun wie ein Käfig umgab. Er wusste, dass er die Wahrheit kannte, dass er das Wissen in sich trug – und dass es ihn für immer in seinem Bann halten würde.

Kapitel 9: Die Schatten des Feuers

Karl war in der Stille gefangen, umgeben von einer Stadt, die die grausame Wahrheit kannte und sie gleichzeitig bewahrte wie ein unsichtbares Erbe. Die Brücken, die die Stadt verbanden, waren für ihn mehr als nur Stahl und Beton – sie waren Erinnerungen an das, was geschehen war, stumme Zeugen eines dunklen Vermächtnisses, das niemand zu enthüllen wagte.

Wochen vergingen, und die Wut in Karl wandelte sich in Resignation. In seinen Träumen verfolgte ihn das Bild von Bernd Schwarz, wie er die schweren Säcke in den Ofen warf, die Flammen, die gierig nach den Überresten griffen und alles in sich verschlangen. Die Stadt war wie verflucht, doch die Bewohner schienen den Fluch akzeptiert zu haben, als wäre es der Preis für ihren Wohlstand.

Karl begann, jeden Tag dieselbe Route zu laufen. Er ging zu den Brücken, ließ seine Hand über das kalte Metall gleiten, das wie eine lebendige Erinnerung an die Opfer wirkte, die Bernd Schwarz dem Ofen geopfert hatte. Manchmal, wenn er über das Wasser blickte, hörte er das Flüstern der Brücken – ein leises, fast unhörbares Raunen, das ihm sagte, dass die Seelen der Opfer nie Ruhe finden würden.

Doch eines Nachts, als er wieder an einer der Brücken stand, fühlte er, dass etwas anders war. Der Wind trug einen fauligen Geruch mit sich, und das Brummen des Schmelzofens schien in der Ferne durch die Stille zu dringen, obwohl die

Gießerei längst geschlossen war. Ein kalter Schauer überlief ihn, und ein unheilvolles Gefühl ließ ihn frösteln. Es war, als ob die Brücken selbst mit ihm sprachen, als ob die Opfer, die in ihnen eingeschlossen waren, nach Erlösung riefen.

Mit einem entschlossenen Blick drehte er sich um und ging zurück zur Gießerei. Wenn er die Wahrheit nicht verbreiten konnte, dann würde er zumindest dafür sorgen, dass der Schmelzofen nie wieder Opfer forderte. Die Halle lag in tiefer Dunkelheit, doch das leise Brummen des Ofens war zu hören, als ob er nur darauf wartete, wieder zu glühen. Karl schlich sich durch die Dunkelheit, seine Taschenlampe warf einen schmalen Lichtkegel auf den Boden, und er bewegte sich wie ein Schatten durch die vertrauten Gänge.

Sein Plan war einfach: Er wollte den Ofen für immer zum Schweigen bringen. Mit einem Hammer und einer Dose Benzin, die er in der Eile geschnappt hatte, trat er an das gewaltige Metallmonster heran, das ihn zu beobachten schien. Die glühenden Kohlen im Inneren flackerten schwach, als würden sie seinen Entschluss spüren. Doch bevor er einen Tropfen Benzin in den Ofen gießen konnte, hörte er Schritte hinter sich.

Er wirbelte herum und sah Bernd Schwarz in der Dunkelheit stehen, sein Gesicht nur halb vom fahlen Licht des Ofens beleuchtet. In seinen Augen lag ein glühender Wahnsinn, und ein zynisches Lächeln umspielte seine Lippen.

„Glaubst du wirklich, dass du den Ofen zerstören kannst?" fragte Bernd, seine Stimme ruhig, doch voller Drohung. „Dieser Ort hat Jahrhunderte überlebt. Er ist nicht nur ein Ofen – er ist mehr." Karl hob den Hammer, bereit, sich zu verteidigen, doch Bernd schien keine Angst zu haben. „Der Ofen und ich… wir sind verbunden. Du könntest uns beide hier verbrennen, doch das wird nichts ändern. Die Stadt braucht den Ofen. Sie braucht das Metall, das sie zusammenhält. Und manchmal braucht es Opfer, um diese Ordnung aufrechtzuerhalten."

„Das ist Wahnsinn!" rief Karl, doch Bernd schüttelte nur den Kopf. „Es ist Ordnung, Karl. Eine Ordnung, die seit Jahrhunderten besteht. Es war mein Schicksal, den Ofen zu bedienen, und irgendwann wird jemand anderes meinen Platz einnehmen." Seine Augen glitzerten im Licht der Flammen, und er trat einen Schritt näher, sodass Karl seinen Atem spüren konnte, warm und metallisch, wie der Geruch der Glut.

„Ich werde dafür sorgen, dass diese Ordnung ein Ende hat," sagte Karl und hob die Dose Benzin. Doch in diesem Moment packte Bernd seine Hand, und ein verzweifelter Kampf entbrannte zwischen den beiden Männern. Bernd war stark, und seine Hände schienen wie Eisen, unerschütterlich und kalt. Karl fühlte, wie ihm die Kraft nachließ, doch er wusste, dass dies seine einzige Chance war. Mit einem letzten Aufbäumen riss er sich los und goss das Benzin in den Ofen.

Die Flammen loderten auf, und ein schreckliches Geräusch erfüllte die Halle, als der Ofen aufbrüllte, als ob er vor Schmerz schrie. Bernd wich zurück, doch sein Blick blieb auf Karl gerichtet, voller Hass und Verzweiflung. „Du weißt nicht, was du getan hast," rief er, seine Stimme voller Wut. „Der Ofen wird dich nicht vergessen." Karl stolperte rückwärts, während das Feuer immer größer wurde und sich in die Halle ausbreitete. Die Hitze war unerträglich, und die Flammen leckten an den Wänden, als ob sie die Gießerei selbst verschlingen wollten. Er rannte aus der Halle, das Feuer hinter sich lassend, und trat in die kalte Nacht hinaus, das Brüllen des Ofens immer noch in seinen Ohren. Doch als er sich umdrehte, sah er, wie die Flammen die Gießerei in ein glühendes Inferno verwandelten, das alles verschlang, was ihm begegnete.

Am nächsten Morgen war von der Gießerei nichts mehr übrig als rauchende Trümmer und verkohltes Metall. Die Menschen der Stadt versammelten sich um die Überreste, doch niemand sprach ein Wort. Die Brücken, die sie jeden Tag überquerten, waren weiterhin still, doch Karl wusste, dass etwas in der Stadt für immer verändert war.

Kapitel 10: Die Asche im Metall

Nach dem Brand stand Karl allein an den rauchenden Überresten der Gießerei, während die anderen Stadtbewohner sich schweigend zurückzogen. Der Schmelzofen war endgültig verstummt, seine lodernden Flammen verzehrt und zu Asche geworden, und mit ihm die Geheimnisse, die er so lange bewahrt hatte. Doch in Karl blieb das Wissen um die dunkle Vergangenheit der Gießerei, das Wissen um die Brücken und das Metall, das die Stadt durchzog – ein Wissen, das nun wie eine schwere Last auf ihm ruhte.

Karl verbrachte die Tage danach in einer seltsamen Stille. Obwohl der Ofen zerstört war, blieb das Gefühl, dass etwas Unheilvolles in der Stadt verankert war. Die Brücken, die durch die ganze Region führten, wirkten nun wie stumme Mahnmale der Opfer, die in ihren Metallstrukturen gefangen waren. Jedes Mal, wenn Karl eine dieser Brücken betrat, spürte er, wie die Erinnerungen und Schreie der Toten ihn durchdrangen, als wären die Seelen der Opfer in das Metall eingebrannt.

Eines Abends beschloss er, einen letzten Versuch zu unternehmen, die Wahrheit ans Licht zu bringen. Er nahm das verkohlte Notizbuch, das er aus dem Feuer gerettet hatte, und machte sich auf den Weg zu einer entfernten Stadt, in der Hoffnung, dass die Menschen dort vielleicht unvoreingenommen zuhören würden. Doch sobald er die Brücken der Nachbarstadt erreichte, spürte er eine dunkle Präsenz – eine schwere, fast bedrückende Atmosphäre, die ihm das Gefühl gab, beobachtet zu werden.

Er hielt inne, als ein Gedanke durch seinen Kopf schoss: War es möglich, dass die Macht des Ofens und die Schrecken, die in der Gießerei geschehen waren, sich auf das Metall selbst übertragen hatten? Die Vorstellung war absurd, doch Karl konnte den Gedanken nicht abschütteln. Die Brücken schienen wie ein Netzwerk zu sein, das die Geheimnisse der Gießerei in sich trug und weiterlebte. Fast schien es, als hätte das Metall der Brücken eine Art Bewusstsein entwickelt, als ob es das Erbe der Gießerei fortsetzte.

In den nächsten Tagen erreichten Karl immer wieder seltsame Träume. Er sah die Brücken, wie sie sich in einem dichten Nebel verloren, während aus der Ferne das leise Brummen des Schmelzofens zu hören war, obwohl er längst zerstört war. Er sah Bernd Schwarz, wie er zwischen den Brücken stand, sein Gesicht kalt und ausdruckslos, als wäre er selbst ein Teil des Metallnetzwerks geworden. Die Träume wurden so lebendig, dass Karl nicht mehr zwischen Realität und Albtraum unterscheiden konnte. Schließlich wurde ihm klar, dass er die Stadt nicht mehr verlassen konnte – das Metall hatte ihn in seinen Bann gezogen. Es war, als ob die Brücken ihn festhielten, als ob sie nicht zuließen, dass die dunklen Geheimnisse der Gießerei entkamen. Die Stadt und ihre Brücken waren zu einem lebendigen Labyrinth geworden, in dem sich das Erbe des Schmelzofens fortsetzte.

In einer letzten verzweifelten Nacht stellte sich Karl auf eine der Brücken, die über den Fluss führte. Er blickte in das kalte Wasser und spürte das Gewicht des Notizbuchs in seiner Tasche. Die Kälte des Metalls unter seinen Füßen durchdrang ihn, als ob die Opfer selbst ihm zuflüsterten, dass es keinen Ausweg gab, dass die Stadt und ihre Brücken ihn niemals freigeben würden.

Und so blieb Karl – ein stiller Wächter der Brücken, gefangen in den Erinnerungen und Schrecken der Vergangenheit, während das leise Brummen des Schmelzofens in der Ferne immer noch in seinem Geist widerhallte, wie das letzte Echo einer Dunkelheit, die niemals wirklich enden würde.